JN244009

斐伊川相聞

冨岡悦子

書肆子午線

造本・装幀＝稲川方人

目次

斐伊川相聞

デラシネ

みどりの稲穂がさわさわ揺れる
八月の正午の光に射ぬかれて
稲の花がほころぶ

さまよう者たちに
定住の地は与えられない

逃れていく者たちは
稲穂の稔る時刻にまにあわない
落穂をひろうことさえ忘れた者たちに
父祖の地は禁じられた
恥辱が掌で汗ばんでいる

出雲空港

空港を離れる道は白く乾いて
茎の太いヒマワリが
空を向いて口をあけていた
出雲の運転手は父に瓜二つだった

どこにでも連れていってあげるよ
山でも里でも大社でも

タクシードライバーはのんびりした声で言った

玉造温泉

ヒマワリは黒い種子を尖らせていた
放し飼いの犬は尾を振って
宿に私を迎え入れた

ここはね　大きな卵焼きが出るよ
たっぷり食べて　旅のひとにはおつかれさまの
卵五つの卵焼き

精をつけて　明日にそなえてね
この八重垣の里は深いよ
追われて逃げてきたひとを
かくまって籠らせて
やしなって立ちあがらせる
お客のために手を休めずに働いて
万事したくをおこたりません

荒神谷

青銅の眠る丘にのぼると
乾いた真昼の風が吹いていた
丘の腹は銅の供物で膨れあがり
荒ぶるものは微動だにしない

八雲たつ空は　敗北をかみしめる父に
剣の重さを思い知らせた
明日につながるために
洞の寝床が必要だった

遁走

蛇行する斐伊川に沿って
ヒメガマが密生している
私につながる祖は
いくたびの捕囚を破ったのか

捕虜のはずかしめを呑みこんで
生き延びた者たちよ
川を逆走する脚のつよさは
群れて去る鳥をあこがれない

シフク

雌鳥が左右の羽根をうしろに交差させ
身を伏している
雌伏の態で従うならしばらくは許されている
何に負けたかわからないまま
何に勝つべきか問われないまま

雄飛のオスはいつまでたっても不自由ね
四字熟語は窮屈ね
疫病におびえて
私たちのシフクはいつまで続くの

墓の山

あの山にはいかないほうがいいよ
廃墟があるだけだからね
父によく似たタクシードライバーが小声で言った

八雲たつ地は　きょうは雨降り
墓参りに行くなら
大きな傘を貸してあげよう

天寺平廃寺

廃墟は長方形をしていた
いくえにも重なる草根を踏み
私たちは裏山をのぼってきたのだ
私の手の片方に
ひとひらの木の皮があったが
呼びかける名と子音が

ひとつに結びつかない
私の手をひく大きな人は
もう片方の手で中空を指さした
黒い脚を二本ぶらさげた
白い鳥がその先にあった

ああ　くぐい
父の低い声がくぐもって
私の耳朶をめぐる
名指された鳥は
追われた者に
住むことのできる岸辺を
さししめすだろうか
父はその美しい指で

乾いた土に
白鳥の姿を描いてくれた

ときに
くぐい　ありて
大空にたびわたる
白鳥よ　空にあり
湖にあっても　光あれば
まぎれることのない鳥よ

鏡の水田に
白鳥が二羽舞い降りる
まぎれることのないものは
さらされたまま

斐川の田に
落穂をひろっている

スワンの涙

スワンの翼は
いつ風を読むの
スワンの瞳は
だれを思って空を仰ぐの
スワンの涙よ

なにを映して揺れているの

白いジャケットを着たお兄さんの　かすれた声が聞こえてくる
いっしょにお茶を飲んだら　どんな気分なの
どこに行っても会えないスワンのお兄さん
私をいつか　遠い北国に連れていって

ああ　くぐい

銀河ほのめく漆黒に
巨大な白鳥がわたってゆく
ひとすじに伸ばされた首は

沸騰する律動に駆り立てられていた
暗黒星雲が身のうちに回転し
情欲が清冽に速度をあげた

鉄の扉

しゃもじはまるい曲線に
柄がすっくと伸びて
白いご飯にさっくり突きささる
ご飯の香りを鼻腔いっぱいに
吸い込むのが好き
額が大きい父のあだ名は
しゃもじ先生だった

長い梅雨が続いた夕方
額に大きな絆創膏を貼って
父が帰宅した
校舎の非常階段の鉄扉にぶつかって
裂傷を負ったのだ
この夕べ父は珍しく
寡黙だった

父の右の手

さざれ石があった
石片が午後の光にきらめいて
乾いた葦の擦れる音がきこえた
川の水がまぶしい

父とふたり　川を見つめていた

水は滔々と流れ　岸をあらった
川を渡る判断は　父の右手にあり
左手は　私の手を握っていた
はねあがる　褐色の冬の鹿が
脳裏で　ひときわ高く跳んだ

後裔を絶った人の　声がよみがえってくる
さざれ石を　荘厳な声で　うたうな

さざれ波　しくしくに
さざれ小波　うち続いて
川に踏み入る渡し守は
ここには　いない
巨躯クリストフォロスの末裔は　とうに姿を消し

渡し守の秘密は奪われて久しい
この世で最も重いのは　子どもの頭
明日の時刻の量に応じて
頭の軸が傾いている

マイ・ファザース・ガン

父の銃を　墓から
掘り出して胸に抱いた
エルトン・ジョンは甘い声で歌う

今夜乗れる川船は　どこにある
ニューオリンズなら　いいね
だって　そこには戦場があって　軍は男が必要なんだ
停留ロープがとかれ　船は航路を進む

アコースティックギターは音の肌を手探りし
ピアノはやわらかく鼓動を駆り立てる
だけど　この歌を
そんなに澄んだ声で　うたわないで
鉄の弾をかかえて
地中に横たわる男から
正義の種は　いつ生まれるの
種を摘んだ女たちが
編み物にほほえむ場所は　どこにいけば見つかるの
自由の鐘は　誰のために鳴るの

スーパーノヴァ

ＣＮＮ一月七日ノ配信デス。死期ヲ迎エタ　巨大ナ
恒星ノ　超新星　爆発現象ガ　リアルタイムデ　ハ
ジメテ観測サレタ　トノ発表ガアリマシタ。コノ赤
色巨星ハ　太陽ノ十倍ノ質量デ　地球カラ　一億…
光年離レタ　銀河ＮＧＣ…ニ位置シテ…　研究チー

ムガ　見守ルナカカ　劇的ナ自己崩壊ヲ…　巨大ナ質量ノ恒星ハ　中心核ノ水素　ヘリウムヲ　燃焼シ急速ニ崩壊シテ　激シイ爆発後…　後ニ残ルノハ鉄ノミ…鉄ガ崩壊シテ　超新星ガ爆発…（研究者一同興奮シテイマス　万歳！）

サイドカーに乗って

別れたいと
恋人が告げた夜
私は銃撃され
サイドカーに横たわって
運ばれている（夢を見た）
胴体に包帯が巻かれ

身動きできないが
高速道路は振動を伝えない
上手な運転だな
気をつかってくれているんだな
鉄扉のむこうの運転席に
いつか　ありがとうを
言えるのかな

瓜子あまのじゃく

瓜子姫のゆくえは　杳として知れず
最後のページは　黒く塗りつぶされていた
それでもね
破壊することから
始めなきゃって思ったの
地雷をいくつも
仕掛けておいて
ここまでおいでって
手招きするような

あまのじゃく
私の定型を相対化して
襤褸にする
言葉の他者が
どうしても欲しかった
瓜子あまのじゃくの冒険は始まってしまったの
父よ　私は男に生まれたかったとは言わない
ほんとうの私など　探さない
父よ　あなたが望まないほうへ
あまのじゃくに唆され
あまのじゃくを呑み込んで
不気味な非定型になり果てて
舌がぶるぶる震えている

さっきまで

フィオナ・アップルが　ピアノの鍵盤をたたく
ピアノが　打楽器だって　思い出させるみたいに
とわに降り続ける雨のように　とめどなく
言葉が　紙コップのなかへ　流れ落ちる

言葉は　宇宙を横切って　滑り去ってゆく
フィオナ・アップルは　だるそうに歌う
コップから溢れて　恥ずかしいみたいに
星の男とさっきまで寝ていたみたいに

ぬかるむ

やわらかい紙に
墨汁がひろがる速度で
忘却が
十本の触腕をのばし
白い繊維を
黒く塗りつぶす

水生昆虫が

繁殖する慎重さで
系の物語が
縦糸に横糸をつないで
織られていく

その物語は血糊で重く
ぬかるんで
鉄のにおいがする

深く葬る

伏せられているのは
父祖たちが放った鏃の数
命中した骨のゆくえ
斃れた人が横たわる土地は
名をいくたびも変えられ
乾いた砂と小石に覆われていた

追われた者たちが焦がれた
八重の垣のある家には
あたたかい糧のための椀と皿があった
柱のある家に住むには
追い立てる者とならねばならない
恥を深く葬る物語が
いくたびも
作られねばならなかった

父の体温

地縛りの匍匐する茎が
砂地の岸辺を走っている
鈍い色の雲が空を覆っていた
父よ　掌にあなたの温度があれば
水は傾かず

蒼空は開かれていたのに
茎の根もとにしゃがみこんで
透けた体の沼蝦を見つめていても
なんどでもヒトのかたちに
もどしてもらえたのに

鉄の砂

聞いてお帰り　安来節
どじょう掬いの　腰の入れようは
逃げ上手さんの　どじょうをね
竹ざるにお迎えするだけじゃなく
やっぱり逃げ上手さんの　砂鉄をね

こうして　ああして　掬い上げるの
海の向こうの半島から
お越しくださった尊い方に
手ほどきしてもらったのね

川の名を

美しい指をもつ父は
手記の日をかさね
文字で埋め尽くした紙の束を
寄るべき壁とした
あなたの寝間には
ひともとの太刀が横たわり

刀をつつむ深紫の絹地に
いちりんの水仙が描かれていた

父よ　あなたがくりかえし唱えた斐伊川の名
帰るべき土地はなく
迎え入れる縁者はとおく
ともに眠る妻の息を
ただひとつの故郷としたあなたの
まがりくねる川

奥出雲の
仁多の里の　山から迸り出る川
鳥上山から横田川
灰火山から灰火小川

遊託山から阿井川を
集めて　ふくらみ　あらぶる
砂鉄に赤らむ川

書記を継ぐ

イノシシが森を行く
朝露と菌糸に
円錐の体躯はおおわれ
ときに体毛は朝日にかがやいた
イノシシは水のにおいを嗅いでいる
岩に堰き止められた水に
魚の影が揺れ
沢蟹のぬめる感触が
鼻の先によみがえる

そのように始めようというのか
一行目から

鷹の急襲を避けて
ヘビが川に向かう
脱皮はときに早すぎて
長躯のはしばしに傷があった
葦の岸辺にたどり着き
打ち寄せる川の水に
頭をそっと沈める
そのように始めようというのか
一行目から

忘却にあらがう

雄の蜂《ドローン》が群れをなし
生殖の機をねらって
空を飛ぶ
母の土はどこにある
母の子宮はどこに隠れている
ぶんぶん唸りを上げて
ドローンが
感知し　撮影し　狙いを定め　捕獲する

蜂の飛び交うかなたに
嘘の狼煙が
今朝もあらたに上がっている
それは　生きものの方向感覚を
狂わせて放置する
いくさに遊ぶ男の玩具は
もうたくさんだ

裂け目を入れる

甘美な嘘に蒸しあげられた土地で
事実を語る舌は吊られる
アレクセイ・ゲルマンは　とおい惑星のぬかるみに
ひとりの使者を旅立たせ　独裁の国をさまよわせた
泥にまみれた男の目に映るものを　一七七分の物語とした
「神々のたそがれ」と名づけられた　この仮想のなかで

いちはやく　処刑台に首を吊られたのは
詩人と呼ばれる白衣の人
ひとたび起きたことは
なかったことにはならない
嘘に裂け目を入れる舌と口は
吊られて
干上がる

はたらく指

父よ　字を書く指に祝福あれと言ったあなたの
敗戦の夏
あなたは刀を膝に寄せた
玉座は　しのびがたきをしのんで　生きながらえ
若い少尉のあなたは　敗けて生き延びるのを恥じた
父よ　拠るべき土地のない手に　生きる術を教えたあなたの

生死を問うた刀は　ここになく
むきだしの木刀が　遺された
けさ私はあたらしい布を広げ
刀袋を縫う
晴れやかな紺に針が泳いで
きらめく銀の波のようだ

斐伊川相聞

斐伊川に二人の男が沐浴している
ひとりは　海を越えて戦いをかさね
ひとりは　川のほとりで田を広げた
二人の男は　盃をかわし
ともに川に入ったのだ
戦い巧者は刀をすり替えて
力くらべの試合は

出雲の男の　死に終わった
イチイガシの刀はたち切られ
玉鋼の刀は骨を砕いた

さ刀《み》なし　あわれ
さみなし　あわれ

父よ　いにしえの出雲に
あざむかれ斃れた命は
嘲笑われ
詐術は英雄譚に
回収された

父よ　手の種族の末裔よ

十の指の　あしたのために
あなたに問う

さ刀《み》なし　幸あれ
さみなし　さちあれ

水仙咲く
あしたに惜しげなく香りを放ち
かたちを失った　あなたの
縦書きの　意志をよみがえらせ
この喉に　あなたへの
対語を　胎動させる

冨岡悦子◎とみおか えつこ
1959年東京都生まれ

著書
『植物詩の世界　日本のこころ　ドイツのこころ』（2004年　神奈川新聞社）
『パウル・ツェランと石原吉郎』（2014年　みすず書房　第15回日本詩人クラブ詩界賞受賞）

詩集
『椿葬』（2007年　七月堂）
『ベルリン詩篇』（2016年　思潮社）
『反暴力考』（2020年　響文社　第54回小熊秀雄賞・第23回小野十三郎賞受賞）

斐《ひ》伊《い》川《かわ》相聞《そうもん》
著者 冨岡悦子
発行日 二〇二四年一〇月一日
発行人 春日洋一郎
発行所 書肆 子午線
〒一六九-〇〇五一 東京都新宿区西早稲田一-六-三 筑波ビル四E
電話 〇三-六二七三-一九四一 FAX 〇三-六六八四-四〇四〇
メール info@shoshi-shigosen.co.jp
印刷・製本 モリモト印刷

ISBN978-4-908568-44-2 C0092
© 2024 Tomioka Etsuko, Printed in Japan